folio cadet
premiers romans

Pour Anne-Laure

Maquette : Chita Lévy

La première partie de cet ouvrage a été publiée
pour la première fois en 1987, sous le titre *Je t'écris*.

Geva Caban

Je t'écris, j'écris...

illustré par Zina Modiano

GALLIMARD JEUNESSE

Vendredi

Je t'écris.
Vite.
Je t'écris sur mes genoux.
Dans la voiture.
Les parents se promènent dans une petite forêt, à côté de la route.
Tu vois, c'est moi qui commence.
On s'écrira tous les jours.
On a juré.
Il fait trop chaud.
Je t'aime trop.
Je ne mets pas ton nom.
Je ne mets pas mon nom.
A cause du secret.

Samedi

On est arrivé hier soir. Il faisait noir.

Ce matin le jardin est vert et il y a des framboises rouges.

Ma chambre est petite avec une fenêtre pointue.

Pour voir la mer je monte sur une chaise.

Il y a deux chaises dans ma chambre.

Une, je la garde pour toi. Personne n'aura le droit de s'asseoir dessus, sauf toi.

J'espère que tu vas venir en août.

Sans toi je suis triste, malgré les vacances.

J'ai mis ta photo sur ma table.

Dimanche

Tu vois le rond, en haut, à gauche ?

Lèche. Tu as senti ? C'est salé : j'ai pleuré.

Tu me manques trop.

Mon père m'a dit qu'il faut au moins trois ou quatre jours pour les lettres et, en plus, le dimanche il n'y a pas de lettres.

Alors je dois attendre, j'attendrai.

On a juré.

Les parents m'appellent.

On part à la plage.

La boîte aux lettres est tout près.

Lundi

Ce matin le facteur a apporté des lettres.

Pas une seule pour moi.

C'est normal avec les « trois ou quatre jours ».

Mais j'ai du chagrin.

Il fait trop chaud, même dans le jardin.

Heureusement on va à la plage tous les jours.

L'eau est froide. On a de la glace aux chevilles.

J'ai ta bague. Je ne l'enlève jamais même pour me baigner.

Tu mets bien la mienne ?

Je suis encore triste malgré la mer.

Mardi

Maman ne veut plus me passer un timbre tous les jours.

Mais mon père m'a donné cinquante francs. On est allé tous les deux à pied au village par la corniche. C'était long avec la chaleur. A la poste j'ai acheté vingt timbres d'un coup. Comme ça je dépenserai tout mon argent seulement pour toi, pour t'écrire.

J'espère que j'aurai ta première lettre demain et que tu pourras venir en août.

Mercredi

Ce matin je n'ai toujours pas de lettre et il pleut.

En plus mon père m'a dit :

– Profites-en pour ouvrir ton cahier de vacances. Apprends tes multiplications.

Les multis, c'est pire que tout.

Il y a trois filles dans la maison d'en face mais elles ne m'intéressent pas.

Je les connais : ce sont des idiotes.

Les volets de la maison d'à côté sont fermés. Écris-moi.

On a juré.

Vendredi
1
Je t'écris
vite
Je t'écris avec mes genoux
Dans la voiture
Les parents se promènent
dans une petite forêt,
à côté de la route
Tu vois, c'est moi qui
commence.
On s'écrira tous les
jours. On a juré. Il
fait trop chaud.
Samedi
2
On est arrivé hier
soir. Il faisait nuit
Le matin le jardin
est vert et il y a
des framboises rouges.
Ma chambre est petite
avec une fenêtre
Pour monter une
Il y a deux chaises dans
ma chambre.
Dimanche
3
Tu vois le nord en
haut, à gauche?
C'est salé
Tu me manques trop.
Mon père m'a dit
qu'il faut au moins
trois ou quatre jours
pour les lettres et
en plus, le dimanche
il n'y a pas de lettres.
Alors je dois attendre
Lundi
4
Le matin, le facteur
a apporté des lettres.
Pas une seule pour
moi.
C'est normal avec
les trois ou quatre jours
Il fait trop chaud
même dans le
jardin.
Heureusement on
va à la plage
Mardi
5
me passer des timbres
tous les jours.
mon père m'a
donné cinquante francs
On est allé tous les
à pied au village
Mercredi
6
Le matin je n'ai
toujours pas de lettres et
il pleut.
En plus mon père
m'a dit:
- Profites-en pour avancer
ton cahier de vacances.
Apprends tes multiplications

Jeudi Donnerstag
numéro 7

Presque une semaine.

Il fait très beau.

M'écris-tu tous les jours ?

As-tu reçu toutes mes lettres ?

J'en ai écrit six.

Ça c'est le numéro 7.

A partir de maintenant je mettrai le numéro.

A cause de la grève.

Mon père est furieux. Il a dit :

– En France, la poste c'est le b… (tu vois le mot).

Mais moi je n'ai plus peur : la grève explique tout.

Je sais que tu m'écris tous les jours.

Pour nous un serment est un serment.

Vendredi numéro 8

Une semaine, juste.

Une semaine c'est sept jours. C'est bizarre : ça c'est le numéro 8.

Les gens de la maison d'à côté sont arrivés : leurs volets sont ouverts.

Je ne les connais pas.

Ils changent tous les ans. Eux, c'est une maison qu'on loue.

L'année dernière il y avait trois garçons.

C'était bien. Cette année je ne sais pas.

Samedi
numéro 9

Hier les filles d'en face ont voulu que j'aille à la plage avec elles.

On a fait du bateau.

Leur bateau n'est pas super mais c'était bien. Elles ont au moins dix ans et elles ne savent pas nager.

Elles m'ont dit qu'il y a un garçon dans la maison d'à côté.

Je ne sais pas si c'est vrai.

Je crois qu'elles racontent n'importe quoi.

Je les appelle les « Ides ». Tu comprends pourquoi.

Dimanche numéro 10

Les Ides ont dit la vérité : il y a un garçon dans la maison d'à côté.

Je l'ai entendu siffler. Je suis sûre que c'est lui. Il siffle comme Olive, pas l'Olive de l'école, l'Olive de Corinne, son frère.

Il a sifflé tout le matin.

Sa fenêtre était ouverte. Elle est pointue comme la mienne.

Je te dirai.

La grève est finie. Je vais avoir toutes tes lettres ensemble.

Je t'aime toujours, pour toujours.

Lundi
numéro 11

Pas de tes lettres.

Demain je ne sais pas si je pourrai t'écrire. On prend un bateau pour aller dans une île. On part tôt le matin et on rentre tard.

Ça m'ennuie de partir avant les lettres.

Je ne comprends pas pourquoi je n'en ai pas déjà. Tu m'as sûrement écrit depuis le début.

Le garçon d'à côté a une chatte blanche.

Elle est venue chez nous, dans le jardin.

Elle est très grosse.

on est pas
allés dans
l'île. j'ai

Mardi
numéro 12

On n'est pas allé dans l'île.

A cause du vent et à cause de la mer.

J'ai reçu ta carte. Je n'y comprends rien.

Moi, c'est le numéro 12.

Toi, on dirait que c'est le numéro 1.

Tu ne m'as pas écrit avant ?

Réponds-moi.

Mon parrain m'a envoyé cent francs pour mon passage. Maman me les a déjà empruntés. Elle me doit plein d'argent.

La chatte du garçon d'à côté est entrée dans la cuisine.

Maman m'a dit qu'elle attendait des petits.

Mercredi
numéro 13

Il y a encore du vent.

On n'est pas allé à la plage.

On s'est juste promené dans la campagne. A pied.

Une des Ides a voulu venir avec nous.

Heureusement c'est la moins ide.

Elle s'appelle Isabelle. Elle rentre en sixième.

Elle m'a dit que le garçon d'à côté est tout seul avec sa mère. Ses parents sont séparés.

Heureusement, il a sa chatte blanche.

Juillet 199

Jeudi
numéro 14

Mon père a fait des tas de photos de moi sur la plage. Elles sont très bien, surtout une où je plonge.

Mon père a dit :

– Médaille d'or.

Il exagère mais c'est vrai : je plonge bien. Je t'en enverrai une quand j'aurai reçu tes réponses. Isabelle m'en a demandé une. Avant, elle m'en avait donné une à elle. Mais les échanges c'est pas avec elle que je les ferai.

Vendredi
numéro 15

Voilà. Moi je continue à t'écrire parce qu'on a juré.

Mais je suis en colère.

Ou triste.

Ou je ne sais pas, à cause de : pas de lettre. Je suis obligée d'enlever de temps en temps ta bague. Elle me serre trop.

Je la mettrai au petit doigt.

La chatte du garçon d'à côté vient tous les jours.

Elle reste avec moi quand je suis dans le jardin le matin.

Samedi
numéro 16

On part dans l'île.
Je t'écrirai demain.
Heureusement pour la boîte, tout près.
Je cours.

Lundi
numéro 17

Hier je n'ai pas pu écrire.

Pourtant je voulais parce que, moi, quand j'ai juré, j'ai juré.

Isabelle m'a dit de venir chez elle, pour son anniversaire. Toute la journée.

Leur jardin est immense.

Ses sœurs sont vraiment, vraiment ides mais sa mère avait fait des glaces.

Et il y avait le garçon d'à côté.

Tu viens en août ?

Bacci d'Italia

Mardi
numéro 18

J'ai reçu ta carte, ton numéro 2 sans numéro.

Je dois te dire : je ne l'aime pas.

La carte, oui : ta plage en Italie est bien.

Mais les mots : non.

Moi, je n'écrirai jamais : « Bons baisers de la plage. »

Et moi, je tiens mes promesses.

Mon père m'a dit :

– Un pacte, c'est à deux, ou ça n'existe pas.

Mercredi
numéro 19

La chatte du garçon d'à côté attend ses petits pour bientôt.

C'est lui qui me l'a dit sur la plage.

On était avec Isabelle, mais c'est à moi qu'il l'a dit.

Il nage très vite. Sous l'eau aussi.

Tu dois m'écrire pour me dire si tu viens en août.

Samedi
numéro 20

Tu vois, moi, c'est le numéro 20.

Et toi c'est seulement tes deux cartes.

Je devrais être vraiment triste. Non.

Hier, avant-hier et avant-avant-hier je ne t'ai pas écrit, c'est la vengeance.

Le garçon d'à côté a un bateau avec une voile énorme.

Elle est rouge.

C'est un bateau pour un, mais on est monté à deux. Isabelle était furieuse.

Maman veut savoir si tu viens en août.

Lundi

Il me reste seulement quatre timbres.

Tu peux compter.

Mais tu as sûrement jeté mes lettres, et moi, j'ai perdu ta bague dans la mer.

Le garçon d'à côté a nagé sous l'eau.

Moi aussi.

On n'a rien vu : seulement des algues et le sable. Et nous.

Il ouvre les yeux sous l'eau.

Moi aussi.

Mardi

La chatte du garçon d'à côté a eu ses petits. Hier soir, trois, sans poils.

Dans sa chambre à lui. Sur son lit.

C'était… je ne peux pas dire. Terrible.

Sale, et après, propre. Et beau surtout.

Beau.

J'ai pleuré presque.

Le garçon d'à côté aussi. Mais on a ri.

J'ai dîné chez lui, avec sa mère.

Jeudi

Maman veut bien qu'on prenne un chat : le noir. Isabelle en veut un aussi : un gris. Et la mère du garçon d'à côté garde l'autre gris. Elle, elle doit partir dimanche.

Je ne sais pas encore ce qui va se passer : Isabelle et ses sœurs partent aussi dimanche.

Nous on reste.

Vendredi

Ça c’est ma dernière lettre.

Je n’ai plus de timbre et maman ne m’a pas rendu mon argent.

On va garder la chatte et les trois petits tout l’été. Maman et moi on a déjà préparé une caisse dans la cuisine.

Tu ne peux plus venir en août.

Maman a invité le garçon d’à côté.

Je ne mets pas son nom à cause du secret.

J'écris…

Tout est changé. Aujourd'hui, le jeudi 4 août, c'est le début de mon journal.

Avant j'écrivais à X (je mets X exprès) mais X et moi, c'est fini ; je ne lui écrirai plus jamais et jamais plus je n'écrirai à quelqu'un tous les jours. Je n'écrirai plus à personne mais j'écrirai quand même.

C'est grâce à mon père ; mon père voit tout.

Hier soir il m'a dit au milieu du dîner de sardines grillées :

– Toi, tu es triste, triste de ne plus écrire.

Et moi :

– Oui.

Alors, après les sardines et les fraises il est monté fouiller dans le grenier (à la mer on a un grenier) et il est redescendu avec un vieux cahier neuf à lui, quand il était petit. Il me l'a donné, il m'a dit :

– On n'est pas obligé d'écrire des lettres pour écrire. On peut écrire son journal.

Pour un journal, un cahier c'est mieux.

Dans un journal on écrit tout ce qu'on veut, surtout le plus important.

Le plus important pour moi aujourd'hui, c'est mon cahier-journal et la chatte-ses petits dans la cuisine.

Le mien, le tout noir, est plus doux que les autres et plus petit.

Maman dit que c'est une chatte et que les gris sont des chats. Le garçon d'à côté, maman l'a mis dans la chambre en face de la mienne qui a aussi une fenêtre pointue.

Son papier aux murs n'est pas à fleurs mais à cerises.

Dans le plus important, toujours, il y a la mer. Même quand il pleut.

Aujourd'hui il a fait beau.

Un journal, c'est personnel.

Aujourd'hui, c'est vendredi, le 5

Ce matin il a plu. Pour la plage, c'était impossible. Mon père a rangé la cabane en bois au fond du jardin avec « Grogne ». Grogne, c'est le garçon d'à côté, d'en face plutôt. Je l'appelle « Grogne » parce qu'il a grogné toute la matinée à cause de la pluie. En plus, il me parle tout le temps de ses copains, du foot et il dit des mots énormes.

Je ne sais pas encore si je suis contente qu'on l'ait invité.

Pour la chatte-ses petits, oui, oui, oui.

Pour lui, j'attends.

Samedi soir

Ce matin, au marché, on a vu des poulets vivants serrés dans une petite cage, par terre. Maman nous avait emmenés avec elle, Grogne et moi.

Elle ne peut pas me rendre mon argent : elle a plein de choses à acheter.

Elle nous a laissés descendre sur le port.

Grogne s'est fait des copains : des garçons maigres qui plongeaient du quai dans une eau dégoûtante. Grogne a dit que lui aussi aurait plongé s'il avait eu son maillot mais moi je suis sûre qu'il n'aurait pas plongé d'aussi haut, au moins mille mètres, et l'eau dégoûtante.

J'aime, j'aime, j'aime Doux : je dis « Doux » parce qu'on dit chaton même quand c'est une chatte et parce que je trouve « Doux » plus doux que « Douce ».

Dimanche

Je ne pourrai pas écrire long aujourd'hui, parce qu'on va pique-niquer et qu'on rentrera tard.

J'écris quand même un peu parce que c'est un journal, et qu'un journal, c'est tous les jours.

Ce matin Grogne est resté une heure sous

la douche et moi j'ai eu trois minutes. Demain, moi aussi je resterai une heure.

Je ne sais pas si, dans un journal, on peut parler de « demain ». Peut-être pas.

On peut, mon père me l'a dit, et de l'hier et de l'avant-hier.

On est lundi

Le pique-nique d'hier est le plus beau pique-nique de toute ma vie. On n'était pas seulement tous les trois et Grogne, on était dix-sept, j'ai compté : des amis et des cousins. On n'a pas pique-niqué sur la plage à cause du sable mais sur la dune, dans l'herbe. On a mangé en rond : du saucisson, des tomates, du pâté, du jambon, des prunes jaunes, du gruyère, autant de pain qu'on voulait.

En plus de Grogne et de moi il y avait cinq filles et quatre garçons. On s'est tous baigné en même temps et, au bord, on a chahuté toute la mer.

Un des garçons s'appelle Sébastien.

C'est mon troisième Sébastien. Lui, le foot, il s'en fiche. Il m'a donné une étoile de mer. Mais il habite trop loin et il va à une autre plage que nous.

Je ne peux plus écrire d'aujourd'hui puisque j'ai écrit long d'hier. Peut-être que, dans un journal, on doit écrire toujours un peu la même longueur.

Il faudra que je demande à mon père.

Tous les pique-niques devraient être des pique-niques en rond.

Les pique-niques-pas-en-rond ne sont pas des vrais pique-niques.

Les pique-niques avec des tables et des chaises non plus.

Les pique-niques, c'est par terre.

Mardi

Aujourd'hui il fait très très très beau et très très très chaud. On ira à la plage plus tard. Grogne et mon père sont dans le jardin : ils repeignent en blanc un vieux banc vert de bois pourri.

Maman lit sous un arbre. Moi, je suis dans la cuisine avec la chatte-ses petits.

La chatte me laisse toucher ses petits.

Ils sont doux, doux, doux.

Je les aime trop, Doux surtout, parce qu'il est à moi et qu'il est le plus petit.

Si quelqu'un rentre, vite, je cacherai mon journal.

Un journal, c'est secret, ça, je le sais.

On est mercredi

Je voudrais écrire quand je veux, mais pour écrire il faut être seul, alors j'attends mon lit ou un moment vide de la maison ou du jardin. Personne ne sait que j'écris mon journal sauf, bien sûr, mon père, mais je sais qu'il ne l'a dit à personne et en plus il ne me demande jamais ce que j'écris. Je lui dis des petits bouts. En ce moment, je l'entends ronfler ; leur chambre est au-dessous de la mienne. Moi, j'aime bien entendre mon père ronfler tandis que maman déteste ça. Heureusement que papa m'a.

Aujourd'hui elle a fait la tête parce qu'un copain de Grogne s'est invité pour déjeuner. Il était venu du village en vélo. En fait, c'est mon père qui lui avait dit de rester. Maman le trouve « mal élevé ». Grogne, lui et moi, on est allé à la plage tous les trois. Mais il a dit que notre plage est nulle. J'espère qu'il ne reviendra jamais, jamais.

J'ai chaud à toute ma peau.

Jeudi matin, tard dans mon lit

Le chaud d'hier soir, c'est un énorme coup de soleil. Ce matin j'ai saigné du nez.

Je suis quand même restée rouge. Grogne dit que j'ai l'air d'une saucisse rouge.

Lui il a l'air d'un saucisson sec trop sec.

Je suis contente de ne pas aller à la plage avec lui. Maman a vu que j'ai de la fièvre.

J'aime être malade, un peu : quand je suis malade, maman devient douce.

Jeudi, le soir

Finalement Grogne est gentil.

Il m'a monté Doux dans sa main pour que je puisse le toucher. La chatte est entrée derrière lui, elle a sauté sur mon lit, elle est restée un petit peu et elle est ressortie en miaulant : elle voulait son petit alors Grogne a redescendu Doux dans la caisse.

Vendredi. On est le 12

C'est injuste, injuste, injuste. Grogne reçoit des lettres ; il en a reçu trois d'un coup ce matin : une de sa mère, une de sa grand-mère qui, en plus, lui envoyait, dans

sa lettre, un billet de cent francs tout neuf (il me l'a montré) et une d'un copain. Il m'a dit :

– Ce copain, il est nul. Il peut toujours attendre que je lui réponde.

Je trouve ça affreux. Je « le » trouve affreux. Je ne l'appellerai plus Grogne mais « l'Affreux ». C'est tant pis pour lui. Moi, quand je pense aux non-réponses de X, j'ai envie de pleurer.

Ah, j'oubliais d'écrire où je suis : dans le jardin sur le banc moins pourri sous le cerisier sans cerises. Mon père et l'Affreux sont dans la cabane, maman dans la cuisine. J'ai dit que je faisais des multiplications.

Personne ne doit savoir, que mon père.

Samedi 13. Dans la cuisine

Doux est un chat, mon père l'a dit, les autres des chattes, maman s'est trompée.

J'ai la chatte sur mes genoux. Je sens sa

chaleur et elle ronronne. Ses petits dorment dans leur caisse. Je ne sais pas pourquoi les deux petites grises sont toujours ensemble et Doux tout seul dans un coin. Je trouve qu'il ne grossit pas comme ses sœurs.

J'ai fait un ratage parce que la chatte a sauté brusque dans la caisse. Elle lèche mon petit-noir.

L'Affreux est parti en voiture avec mon père et maman. J'ai dit que j'avais mal à la tête. Maman voulait rester, mon père a dit :

– Viens avec nous, elle, elle gardera les chats.

Lundi 15 août

Mon père, je l'adore, mais il est trop souvent avec l'Affreux.

Je m'en fiche, sa chatte, c'est moi qu'elle préfère.

Pour le « tous les jours » et pour la longueur, on n'est pas obligé. Mon père me l'a dit.

Le 17 août (mercredi)

Je commence à peler.

On a été en voiture visiter un château avec huit tours. On a été à la crêperie : j'ai mangé quatre crêpes, deux salées, une avec un œuf-miroir, l'autre avec du gruyère, deux sucrées, une à la confiture de myrtilles, l'autre au citron.

L'Affreux en a mangé six. Il en aurait bien mangé une septième mais maman a dit « non ». Elle a raison.

On a bu du cidre.

L'affreux saucisson sec riait comme un idiot.

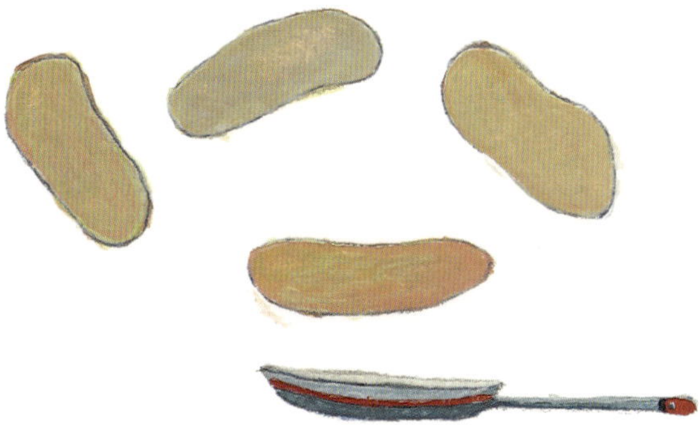

Moi j'étais triste à cause de X et de mon tout-noir qui ne grossit pas.

Et de mon père qui rit toujours avec l'Affreux.

Jeudi

Mon père est plus souvent avec l'Affreux qu'avec moi. Je voudrais être un garçon, un garçon, un garçon, un garçon, un garçon, un garçon, un garçon, un garçon, un garçon.

Mais pas comme l'Affreux.

Comme mon troisième Sébastien plutôt.
Ou comme…

Je pense toujours à X.
Et si mes lettres ne lui étaient pas arrivées ?
Quand je pense à… je n'ai pas envie d'être un garçon.

Vendredi

Il n'y a pas que l'Affreux.
Moi aussi je reçois des lettres.
J'en ai reçu une d'Isabelle ; elle est en Turquie. Tous les Turcs ont des moustaches.

Elle me demande pour la chatte-ses petits et pour Grogne, mais elle ne me donne pas son adresse. C'est mieux parce que je n'ai pas envie de lui écrire, à elle. Je l'aime bien mais je ne pense presque jamais à elle.

Je ne sais pas pourquoi, je pense de plus en plus à X et, quand je pense, je pleure.

J'écris dans les vieux cabinets dehors.

Là, je suis tranquille.

Le chaton d'Isabelle, comment on fera, sans adresse, pour le lui donner ?

Dimanche

Je le déteste.

Je le déteste.

Je le déteste.

Il est entré sans frapper dans ma chambre. Il nous a vus mon journal et moi.

Il a voulu me le prendre. On s'est battu.

J'ai crié. Il m'a traitée de nulle et d'un autre mot énorme et il est sorti en en disant plein d'autres encore plus énormes. Un, je crois que c'est de l'anglais ou de l'allemand. J'ai poussé ma table devant ma porte. Maintenant je suis tranquille. Il y a un vent terrible. J'adore le vent. Je ne sais pas quel jour on est : le numéro.

Le jour, je sais, c'est dimanche. Hier on est retourné au marché voir les poulets. Tout à l'heure, je vais voir la chatte-ses petits.

Eux je les aime.

On est mardi 23

Les gens que j'aime :

1
la chatte-ses petits,
Doux en n° 1

2
mon père

3
maman

4
ma maîtresse
de l'année
dernière

5
mes
grands-mères
de Paris

6
mon
grand-père
qui est mort

7
ma marraine
du Canada

8
Tex-le-chien

9
Madame…
je ne sais pas écrire
son nom, dans l'immeuble

10
un petit peu
Isabelle

Les gens que je déteste ne m'intéressent pas.

X ?… Ça y est, je vais pleurer.

Mercredi, le 24 août

On part dans six jours et maman commence déjà à s'énerver. Elle range toute la journée et répète qu'il faudra fermer la maison à la fin des vacances.

Je déteste ça. Je déteste les maisons fermées. Je déteste quitter la mer. Je ne veux pas perdre les chats.

On a vu un chien mort sur la plage : il était tout maigre-sec et mouillé.

Mon père et l'Affreux font du bateau sans moi.

Ils m'ont laissée toute seule avec le parasol.

Le vent m'envoie du sable.

Il y aura du sable dans mon journal.

Et si la mer monte on sera noyé.

Comme le chien mort.

Jeudi, le 25

Je le savais, je le savais.

La chatte le savait.

On est toutes seules à le savoir.

Doux est malade.

Elle est venue me chercher dans mon lit.

Elle m'a réveillée.

On est dans la cuisine.

Elle le lèche, le lèche, le lèche. Quand elle s'arrête, elle le regarde et elle miaule.

Je voudrais le lécher aussi, mais j'ai peur.

J'écris par terre tout contre la caisse.

Elle miaule. Oh, la pauvre.

Dehors le vent souffle si fort qu'on n'entend même pas la mer. Je déteste le vent cette nuit. Je veux qu'il guérisse. Je veux qu'il commence à grossir, je veux Doux.

Je veux.

Vendredi

Doux va mourir, j'en suis sûre : la chatte me l'a dit.

Samedi. Il pleut

Doux est mort.
Je voudrais mourir.
Je ne peux pas le toucher.
Il est tout seul.
Je ne peux plus écrire.

Dimanche 28

On ne peut pas enterrer mon petit Doux aujourd'hui parce qu'il pleut.

Hier, je l'ai quand même touché : il était encore doux mais tout froid. Après, on l'a mis dans une belle boîte. On a fermé la boîte avec beaucoup de ficelle dorée. La chatte regardait avec ses grands yeux fermés.

Maman a dit :

– Qu'est-ce que vous allez faire ?

Mon père a dit :

– Laisse-les.

On a rangé-caché la boîte tout au fond du congélateur, avec les surgelés.

Il n'est pas affreux.

Quand je pleurais, il m'a embrassée.

Il est fou.

Je l'appellerai « le Fou ».

Ce matin on a enterré Doux dans le jardin ; avec ma pelle rouge, le Fou a creusé un trou profond sous le laurier.

J'ai couché Doux dans sa boîte bien au fond. Le Fou a refermé le trou avec toute la terre. Ça a fait une bosse. J'ai enfoncé dedans plein de petites roses. Le Fou a disposé autour des coquillages blancs à lui. J'ai ajouté à la tête mon étoile de mer.

On a pleuré.

Après on a parlé.

Lui, il m'a dit pour ses parents : séparés.

Moi, je lui ai dit pour mes lettres de juillet. Il m'a dit :

– Tu l'aimes toujours ?

Et moi :

– Oui.

Alors il m'a dit :

– Ne t'inquiète pas, on va éclaircir cette histoire.

Maintenant, il repleut.

Il pleut sur Doux.

Comment peut-on éclaircir quelque chose ?

Mardi 30

On a tout éclairci. Je l'aime, je l'aime, je l'aime et en plus, j'adore le Fou.

D'abord, ce matin, il m'a dit :

– Ton X doit être rentré. On va lui téléphoner de la poste. Tu as le numéro ?

– Je l'ai par cœur mais maman ne m'a pas rendu mon argent.

– De l'argent, j'en ai.

On est allé tous les deux au village, par la dune : mon père était d'accord, maman aussi : il fait beau.

A la poste, j'ai téléphoné. Ça a sonné au

moins dix coups et mon cœur à moi sonnait dans ma tête. Après, j'ai eu sa voix, j'adore sa voix, qui demandait :

– C'est qui ?

– C'est moi.

– Toi, toi, toi.

Et sa voix riait. Alors j'ai dit :

– Pourquoi tu ne m'as pas répondu ?

Et sa voix a disparu.

J'ai redemandé :

– Pourquoi ?

Et sa voix :

– Je t'ai envoyé deux cartes.

– Deux cartes affreuses avec trois mots affreux.

– C'est ma mère…

Elle me disait tous les jours :

« Envoie au moins une carte… »

– Moi, je t'ai écrit vingt-quatre lettres.

Et sa voix :

– Moi, je t'ai écrit des milliers de lettres.

– Ce n'est pas vrai.

– Si, des milliers de lettres dans ma tête, mais les écrire en vrai, je n'y arrivais pas, je n'y arrive pas. Je ne suis pas comme toi. Mais des milliers de lettres, des milliers, je te le jure ; des milliers dans ma tête.

Et je l'ai cru.

J'ai tout compris.

Je lui ai dit :

– Tu m'attends ?

– Oh, oui.

– J'arrive.

Et j'ai raccroché. On part demain en voiture avec le Fou, la chatte-ses petits-les vivants. Je vais garder la plus claire qui était pour Isabelle. Mais personne ne remplacera Doux. Jamais. Je l'aimerai toujours.

Mon père m'a dit

– Quand on aime, la mort n'existe pas.

L'AUTEUR

Geva Caban est un écrivain français qui a souvent voyagé. Les séjours à l'étranger jouent un grand rôle dans son écriture. Elle aimait particulièrement trois villes en A : Athènes, Alger, et l'éthiopienne Addis-Abeba, mais Vienne, Rome et Montréal étaient aussi « ses » villes. Écrivant surtout pour les adultes elle a, depuis 1968, publié des nouvelles et des romans. Elle a aussi écrit pour le théâtre et la radio. Ses textes sont traduits en anglais, en coréen, en espagnol, en grec et en néerlandais. Aux Éditions Gallimard Jeunesse, elle a déjà publié : *La peur au rendez-vous* et *La lettre allemande* (Folio Junior). Geva Caban est morte en 2004.

Zina Modiano est née à Paris en 1974. Zenaïde est son vrai prénom. Elle a fait l'école des beaux-arts de Paris. Sa première œuvre illustrait un texte de son père, Patrick Modiano, *Les chiens de la rue du soleil*, publié aux éditions Hachette au profit des enfants malades du sida. En 1996, elle a mis en scène deux pièces de théâtre, *Menteur* d'après Jean Cocteau et *Dis Joe* d'après Samuel Beckett. Le court métrage *En face* qu'elle a réalisé avec Mehdi Ben Attia a été sélectionné à la cinquième Biennale des cinémas arabes de Paris en 1999. Depuis, elle a réalisé d'autres courts métrages, et a aussi participé à la réalisation d'émissions de la chaîne française Paris Première.

Découvre d'autres belles histoires
dans la collection Folio Cadet *premiers romans*

Fantastique Maître Renard
de Roald Dahl illustré par Quentin Blake
n° 431
Dans la vallée vivent trois riches fermiers, éleveurs de volailles dodues. Le premier est gros et gourmand ; le deuxième est petit et bilieux ; le troisième est maigre et se nourrit de cidre. Tous les trois sont laids et méchants. Dans le bois qui surplombe la vallée vivent Maître Renard, Dame Renard et leurs trois renardeaux, affamés et malins…

■■■

Louis Braille
de Margaret Davidson illustré par André Dahan
n° 225
Louis Braille est devenu aveugle à l'âge de trois ans, à la suite d'un accident. Cela ne l'empêche pas de vivre presque comme tous les autres enfants. C'est à l'école que les difficultés vont commencer car il veut apprendre à lire. Le jeune garçon se fait alors une promesse incroyable : il trouvera le moyen de déchiffrer ce que ses yeux ne peuvent voir.

■■■

Où est partie Nina ?
de Jens Christian Grøndahl illustré par Claire de Gastold
n° 614
Nina vit à Copenhague, comme sa grand-mère Gladys. Ce jour-là, celle-ci lui montre une photo d'elle et de sa meilleure amie, quand elles avaient son âge.

Elle aussi s'appelait Nina. C'était la guerre…
Son amie était partie et n'avait plus jamais donné de nouvelles. Gladys et sa petite fille font alors une rencontre inattendue en descendant un étrange escalier, l'escalier du temps…

■■■

Le poney dans la neige

de Jane Gardam illustré par William Geldart

n° 175

Bridget habite dans une ferme isolée sur la colline. Le jour de son anniversaire, son rêve se réalise enfin : elle reçoit en cadeau un poney. La petite fille apprend à le monter. Lorsqu'une tempête de neige se lève, son père lui demande de descendre dans la vallée pour aller chercher le docteur. Le bébé qu'attend sa mère arrivera bientôt. Bridget et son poney doivent affronter le mauvais temps…

■■■

L'homme qui plantait des arbres

de Jean Giono illustré par Willi Glasauer

n° 180

Au cours d'une de ses promenades en Haute-Provence, Jean Giono a rencontré un personnage extraordinaire, un berger solitaire et paisible qui plantait des arbres, des milliers d'arbres. Au fil des ans, le vieil homme a réalisé son rêve : la lande aride et désolée est devenue une terre pleine de vie…

■■■

Longue vie aux dodos

de Dick King-Smith illustré par David Parkins

n° 230

Bertie et Béatrice s'aiment d'amour tendre. Ils vivent paisiblement avec leurs frères dodos sur une île de l'océan Indien jusqu'au jour où des pirates débarquent, semant la terreur. Mais les volatiles devront bientôt affronter de plus terribles dangers : un typhon, puis les rats, très friands des œufs de dodo. L'avenir de la colonie se trouve menacé. Heureusement, sir Francis Drake, le perroquet, veille…

■■■

Voyage au pays des arbres

de J.M.G. Le Clézio illustré par Henri Galeron

n° 187

Un petit garçon qui s'ennuie et qui rêve de voyager s'enfonce dans la forêt, à la rencontre des arbres. Il prend le temps de les apprivoiser, surtout le vieux chêne qui a un regard si profond. Il peut même les entendre parler. Et quand les jeunes arbres l'invitent à leur fête, le petit garçon sait qu'il ne sera plus jamais seul.

■■■

Les chats volants

de Ursula K. Le Guin illustré par S. D. Schindler

n° 454

Quel étrange mystère : les quatre chatons Thelma, Harriet, Roger et James sont nés avec des ailes ! Mais leur mère a bien d'autres soucis pour s'en préoccuper. En ville, de terribles dangers guettent ses petits. Elle ne pourra pas toujours les protéger. Les chats volants vont devoir voler de leurs propres ailes…

■■■

Sarah la pas belle

de Patricia MacLachlan illustré par Quentin Blake

n° 223

Anna et Caleb n'ont plus de maman. Elle est morte à la naissance de Caleb, laissant Jacob, le fermier, seul avec ses deux enfants. Un jour, Jacob met une petite annonce dans le journal et Sarah y répond. Une correspondance s'engage entre eux, jusqu'au jour où Sarah écrit : « J'arriverai par le train. Je porterai un bonnet jaune. Je suis grande et pas belle. »

■■■

Le secret de Grand-père

de Michael Morpurgo illustré par Michael Foreman

n° 414

Mes parents n'ont jamais vraiment aimé la vie à la campagne. Alors que moi j'adore les vacances dans la vieille ferme de Grand-père. J'adore l'écouter parler de son enfance de petit paysan et de Joey, son cheval. Peut-être même me racontera-t-il un jour l'histoire de ce vieux tracteur auquel il tient tant. Mais parfois, je sens que quelque chose le tourmente… Quel est le secret de Grand-père ? Et comment puis-je l'aider ?

■■■

La magie de Lila

de Philip Pullman illustré par Susan S. Gallagher

n° 385

Dans un royaume lointain de l'Orient, Lila rêve de fabriquer des feux d'artifice, comme son père. Celui-ci ne l'entend pas de cette oreille car, pour devenir maître dans l'art de la pyrotechnie, il faut endurer de périlleuses épreuves : gravir le volcan Merapi, affronter le Démon du Feu et rapporter le Soufre royal. Passionnée et courageuse, Lila relève le défi, aidée de ses deux amis, Chulak et son éléphant blanc.

■■■

Un grillon dans le métro

de Georges Selden illustré par Garth Williams

n° 433

Un grillon à New York ! Et, qui plus est, dans le métro. Mario Bellini, le jeune garçon du kiosque à journaux, ravi de sa découverte, l'adopte aussitôt. Chester-le-Grillon fait la connaissance de Harry-le-Chat et de Tucker-la-Souris, deux amis qui habitent la station. Chaque soir, ils se retrouvent pour bavarder et faire la fête. Le grillon se révèle un musicien incomparable. Mais ces virées nocturnes tournent parfois au drame…

ISBN : 978-2-07-053724-2
N° d'édition : 290333
Loi n° 49-956 du 16 juillet 1949
sur les publications destinées à la jeunesse
Premier dépôt légal : mai 1995
Dépôt légal : mai 2015
Imprimé en Espagne par Novoprint (Barcelone)